titel
Onderdanige Fotograaf
Van
Erika Sanders
serie
Overheersing en erotische onderwerping

Samenvatting

Julia is een professionele fotograaf die graag belangrijke momenten in het leven van mensen vereeuwigt met haar foto's.

Terwijl hij de laatste foto's onthult die hij heeft gemaakt van een gezin in zijn studeerkamer, komt een nieuwe klant het pand binnen.

Deze klant, een zeer goed gepositioneerde en beroemde leidinggevende, heeft een onconventionele opdracht voor Julia: het fotograferen van scènes voor volwassenen.

Julia aarzelt om deze baan aan te nemen, maar het aanbod van de manager is erg sappig ...

Onderdanige fotograaf is een roman met een hoog erotisch BDSM-gehalte en wederom een nieuwe roman uit de Erotic Domination-collectie, een serie romans met een hoog romantisch en erotisch BDSM-gehalte.

(Alle personages zijn 18 jaar of ouder)

Noot voor de auteur:

Erika Sanders is een internationaal bekende schrijfster, vertaald in meer dan twintig talen, die haar meest erotische geschriften, verre van haar gebruikelijke proza, ondertekent met haar meisjesnaam.

inhoudsopgave

ONDERDANIGE FOTOGRAAF
ERIKA SANDERS

EERSTE DEEL
De vacature

HOOFDSTUK 1

Julia zat in de donkere kamer van haar kleine fotostudio en ontwikkelde fotografische afbeeldingen.

Fotografie is altijd zijn passie geweest en hij maakte er zijn carrière van.

Het dertigjarige meisje keek aandachtig toe terwijl de foto's klaar waren.

Hij hing ze te drogen en nam even de tijd om zijn werk voor een liefdevol gezin te bewonderen.

Julia stopte met werken toen ze de bel hoorde rinkelen nadat de voordeur openging.

Hij liep naar de receptie en zag een oudere vrouw van in de veertig gekleed als iemand die in een heel elegant kantoor werkte.

'Hallo,' zei Julia met een warme glimlach. 'Welkom in mijn fotostudio. Mijn naam is Julia. Hoe kan ik je helpen?'

De werkende vrouw glimlachte terug.

'Hallo Julia. Mijn naam is Catherine.'

Ze gaven elkaar een hand toen Julia achter de toonbank stond.

'Leuk je te ontmoeten, Catherine. Kan ik vandaag iets voor je doen? Ben je op zoek naar iets speciaals?'

'Eigenlijk wel. Ik hou van je werk. Ik denk dat je goed bent in het maken van portretten en het vastleggen van speciale momenten.'

Julia bloosde.

'Bedankt. Ben je hier voor een aanbeveling?'

'Eigenlijk onderzoek. Ik vind de foto's die je op je website hebt geweldig. Je bent een zeer getalenteerde vrouw.'

"Ik doe mijn best".

"Hoe werkt dit proces?" Vroeg Catherine. 'Mensen nemen contact met je op, vertellen je wat ze willen en nemen dan foto's van ze? Ik ben hier duidelijk nieuw in.'

'Meestal is dat hoe het werkt. Soms komen mensen mijn studio binnen om portretten te maken, of soms huren ze me in om bij hen langs te komen.'

"Wat voor soort foto's maak je meestal?"

'Het hangt ervan af,' antwoordde Julia. 'Als ik uit moet, is dat meestal voor bruiloften, ceremonies, diploma-uitreikingen, dat soort dingen. In mijn studio maak ik meestal familieportretten.'

'Vind je het erg als ik je een persoonlijke vraag stel?'

"Verder."

'Verdien je er veel geld mee?'

"Het is een waardig leven."

'Julia, ik zal je tijd niet verspillen,' zei Catherine op zakelijke toon. "Ik wil een fotograaf inhuren voor een reeks fotoshoots. Ik betaal goed geld en heb absolute discretie nodig. Alle foto's zijn gericht op volwassenen."

'Dat zou geen probleem moeten zijn,' antwoordde Julia zelfverzekerd. "Ik heb veel naaktwerk gedaan. Ik voel me hier prettig bij."

"Wat voor ervaring heb je in dit opzicht?"

'Ik heb op de universiteit een aantal naaktkunstlessen gevolgd. In mijn carrière als fotograaf heb ik sensuele naaktportretten voor vrouwen gemaakt. Dat is een vrij algemeen verzoek. Ik neem aan dat je dat wel wilt.'

Catherine glimlachte.

'Niet helemaal. Wat ik doe is een beetje erotischer.'

"Is het pornografisch?" Vroeg Julia voorzichtig.

"Ik ben niet iemand die er van houdt om dingen te labelen. Ik verken de grenzen van de menselijke seksualiteit op een heel speciale manier. Ik heb speciale vrienden en ik wil dat je een aantal van onze sessies documenteert met je unieke vaardigheden. Als fotograaf".

Julia was een beetje verrast.

'Dat kan ik niet. Het spijt me. Geen aanstoot, maar in deze omgeving zou ik waarschijnlijk niet mijn best kunnen doen.'

Catherine stak haar hand in haar tas en legde een visitekaartje op tafel.

'Bedankt voor je tijd,' antwoordde Catherine beleefd. "Als kunstenaar hoopte ik dat je open zou staan voor alle kunstvormen waarbij het menselijk lichaam betrokken is. Als je nieuwsgierig bent naar wat ik doe, bel me dan. Ik hoop nog steeds dat we ooit kunnen samenwerken. Ik wens je er een toe. fijne dag."

'Jij ook. Bedankt voor je komst. Het spijt me dat ik je niet kan helpen.'

'Je hoeft je niet te verontschuldigen. Dit is niet voor iedereen weggelegd. Op de achterkant van mijn kaart heb ik het bedrag geschreven dat ik voor jouw diensten zou betalen. Denk er eens over na.'

Met dat gezegd, draaide Catherine zich om en verliet de kleine studeerkamer.

Het was het meest ongewone aanbod dat Julia had gekregen sinds ze haar eigen fotobedrijf was begonnen.

Er was haar nooit om iets openlijks seksueels gevraagd.

Hij pakte het kaartje en bekeek het.

Tot zijn verbazing bekleedde Catherine een leidinggevende functie bij een grote investeringsbank in de stad.

Julia draaide de kaart om en zag de prijs die Catherine bereid was te betalen en was verrast.

HOOFDSTUK 2

Later die avond dacht hij.

Voordat ze naar bed ging, was Julia nog nieuwsgierig, hoewel een deel van haar bij Catherine weg wilde blijven.

Hij ging naar het vuilnis waar hij het in had gegooid en haalde Catherines visitekaartje tevoorschijn, dat er een bal van had gemaakt.

Hij vouwde het open en keek nog eens.

Daarna ging hij naar zijn computer voor een snelle beoordeling.

Na een snelle zoektocht vond Julia de LinkedIn-pagina van Catherine.

Catherine was een ervaren zakenvrouw in een hogere functie bij een grote investeringsbank.

De hoeveelheid ervaring die Catherine op hoog niveau had, kwam als een verrassing voor Julia.

Julia vervolgde haar zoektocht online en vond Catherine's Facebook-pagina, die voor iedereen toegankelijk was.

Hij keek naar de persoonlijke foto's van de zakenvrouw.

Catherine was mooi, elegant, verfijnd en had een heerszuchtige uitstraling.

Julia vroeg zich af waarom zo'n vrouw geïnteresseerd zou zijn in het maken van expliciete foto's.

Maar ze hebben duidelijk allemaal hun geheimen, dacht Julia.

De intrige was genoeg om Julia van gedachten te doen veranderen.

Hoe vies kunnen deze foto's zijn?

Ze moesten beslist smaakvol zijn.

Hij opende zijn e-mail en schreef een bericht aan Catherine:

"Hallo Catherine

Ik hoop dat je plezier hebt. Ik ben Julia van de fotostudio. Ik heb veel over uw aanbod nagedacht en zou mijn standpunt hierover kunnen heroverwegen als u nog steeds met mij wilt samenwerken. Maar eerst heb ik een paar vragen. Is er een redelijke tijd dat we kunnen telefoneren? Of wil je doorgaan met communiceren via e-mail? Laat het me weten.

Pas op,

Julia '

Hij keek op zijn horloge en het was vijfentwintig om elf uur.

Julia zette haar computer uit en keek nog eens naar het visitekaartje.

Hij draaide het om en keek naar Catherines handgeschreven briefje: vijfhonderd dollar per uur.

Ze was pas nieuwsgieriger geworden toen ze naar bed ging.

HOOFDSTUK 3

De volgende ochtend was een typische ochtend voor Julia.

Als er geen leads of klanten in zijn kleine studio waren, bracht hij zijn tijd door in de donkere kamer om meer foto's te ontwikkelen.

Het was een vervelende klus, maar ze genoot ervan.

Toen hij klaar was, verliet hij de donkere kamer en controleerde zijn laptop op zijn bureau.

Er waren verschillende nieuwe e-mails.

Julia's ogen speurden de lijst met berichten af, waarvan de meeste werkgerelateerd waren.

Wat meteen zijn aandacht trok, was de e-mailreactie van Catherine.

Ze opende het:

Julia

Ik ben blij dat je mijn aanbod hebt overwogen. Het is het beste als we elkaar persoonlijk ontmoeten om dit te bespreken. Kom vrijdagochtend om acht uur naar mijn kantoor. Ik maak een afspraak voor de receptie en mijn secretaresse laat je binnen.

Catherine '

De korte e-mail was meer dan genoeg om Julia's interesse weer op te wekken.

Ze stak haar hand in haar tas en zocht op Catherine's visitekaartje het adres van haar kantoor in het centrum.

Ze zocht via internet naar een routebeschrijving om er van huis uit te komen en zorgde ervoor dat haar schema voor vrijdagochtend duidelijk was.

TWEEDE DEEL
De slavenkamer

21

HOOFDSTUK 4

Julia stond zenuwachtig in de lift terwijl hij het grote gebouw in klom.

Ze droeg een overhemd met knoopsluiting en een kantoorrok om er passend uit te zien in de zakelijke omgeving.

Toen de lift eindelijk de verdieping bereikte, zocht Julia verlegen naar Catherine's kantoor in het vreemde gebied voor haar.

Toen hij haar vond, benaderde hij een jonge secretaresse die hem het kantoor binnenliet.

Hij slikte moeizaam toen hij binnenkwam en besefte dat hij zojuist Catherine's kantoorwerk had onderbroken, wat het op dat moment ook was.

'Ga alsjeblieft zitten,' zei Catherine beleefd van achter haar bureau. 'Ik ben blij dat je van gedachten bent veranderd over een mogelijke relatie.'

Julia ging zitten en ontspande zich.

'Nou, ik heb erover nagedacht en ontdekte dat het waarschijnlijk iets met een goede smaak is.'

'Kijk naar mijn kantoor. Natuurlijk is alles wat ik doe smaakvol', zei de zakenvrouw gekscherend.

"Ik kan dat zeker zien."

'En ik weet zeker dat het geld dat ik aanbied je heeft overtuigd, klopt dat?'

Julia bloosde.

"Dat hoort erbij."

'Goed,' beaamde Catherine. 'Ik waardeer uw eerlijkheid. Het is geen schande om meer geld te willen.'

"Geld is altijd goed. Ik ben niet bepaald rijk. Maar bovenal houd ik van de kunst van fotografie. Ik hou ervan om foto's te maken van mensen die een leven lang meegaan. Je lijkt een heel interessant persoon te zijn en je verhaal is van mij Foto's om een kans te vertellen die hij gewoon niet kon missen. "

'Ik wist dat ik de juiste vrouw voor de baan had uitgekozen,' glimlachte Catherine.

'Zou je me een idee willen geven van wat je wilt? Ik begrijp je behoefte aan discretie gezien het onderwerp. Maar op dit punt zou ik graag willen weten waar ik aan begin.'

"Kent u slavernij en de BDSM-levensstijl?"

Julia was verrast.

"Ja dat ben ik."

'Wat kun je me erover vertellen?'

Julia dacht even na.

'Niet veel. Ik ken alleen de clichés die ik op tv zie. Je weet wel, zwepen, kettingen, leer. Zoiets.'

"Dat is maar een klein aspect van de fetisj", legt Catherine uit. "Echte BDSM gaat over dominantie en onderwerping. Het gaat over het verliezen van macht en het volledig overgeven aan een ander. Natuurlijk, veilig en met wederzijds goedvinden. Zwepen en kettingen zijn slechts hulpmiddelen om een specifiek doel te bereiken."

'Is ze als een minnaar of zoiets?' Vroeg Julia verlegen.

'Ik hou niet van etiketten. Maar ik denk dat het wel bij die beschrijving past. Vind je het erg?'

"Helemaal niet. Um, ik denk dat vrouwelijke empowerment iets geweldigs is."

'Ik ook,' beaamde Catherine. "En je zult een grote vrouwelijke empowerment zien als je mijn speciale kamer binnenloopt. De meeste van mijn subs zijn krachtige ondernemers in hun dagelijks leven. Ze doen er alles aan om mij privé op mijn knieën te krijgen."

"En jij?"

"Wat ben ik?"

"Ben jij ook aan het indienen?" Vroeg Julia.

Catherine glimlachte.

'Natuurlijk wel. Ik zou dit niet doen als ik niet elke seconde zou liefhebben.'

'Hoe werkt dat? Ik bedoel, komen ze je bezoeken? En wat dan? Sla je ze af of zo?'

'Ik heb een speciale bondage kamer op mijn zolder,' antwoordde Catherine. "Ik ontmoet verschillende subs uit de zakenwereld. Het is exclusief. Meestal in het weekend. Slechts een uur."

"Waarom een uur?" Vroeg Julia.

"Naar mijn mening is dit de perfecte tijd. Als het te lang zou duren, zouden de dingen op een slechte manier pijn doen. Als het te kort was, zou er niet genoeg voorspel zijn om dingen op te bouwen. Een uur is de perfecte tijd om Bouwen. Een ongelooflijk hoogtepunt ".

"Klinkt provocerend."

'Wacht maar tot je het ziet,' zei Catherine. "Ik draag een gouden masker. Het is als een alter ego dat ik heb. Zodra het masker op is, word ik een ander mens. Als mensen denken dat ik een slet ben op kantoor, wacht dan bij mij op mij." ben mijn bondage kamer met het masker en een zweep in de hand.

Julia voelde zich aangetrokken tot Catherine.

Het was een nieuwe wereld van seksuele vrijheid die niet werd beperkt door persoonlijke remmingen.

Ik weigerde het op een bepaalde manier, maar tegelijkertijd was het volkomen fascinerend.

Ik kon niet wachten om het te zien en voor de camera te krijgen.

'Je wilt dat ik de hele ervaring fotografeer, nietwaar?' Julia vroeg om het duidelijk te maken.

'Ik wil dat je foto's maakt van alles behalve gezichten. Discretie is van het grootste belang, aangezien mijn ondergeschikten meestal rijke mensen zijn. Ze mogen niet weten wie ze zijn. Ze worden de hele tijd gemaskeerd.'

Julia's vingers trilden.

"Ik zal eerlijk zijn. Dit lijkt me allemaal vreemd. Ik ben nog nooit gevraagd om deel uit te maken van zoiets. Ik heb deze dingen niet eens op video gezien, wat niet betekent dat ik geen porno heb gezien. Het is allemaal erg nieuw voor mij. "

'Dus ik benijd je,' antwoordde Catherine.

"Echt waarom?"

'Omdat je dit voor het eerst met maagdelijke ogen zult onderzoeken.'

"Dat zal zeker het geval zijn," antwoordde Julia.

"Vertel eens, ben je blij met je seksleven?"

"Wat bedoelt u?"

"Ben je seksueel tevreden?" Vroeg Catherine botweg. "Kom je zoals je wilt? Wil je betere orgasmes hebben? Wil je dat iemand je met lichaam en ziel neukt?"

Julia was verrast door de vragen van de gerespecteerde zakenvrouw.

"Mijn seksleven kan beter", gaf hij toe. 'Ik ben vrijgezel. Ik ben al heel lang niet meer samen. Het is de persoonlijke prijs die ik betaal voor het runnen van mijn eigen bedrijf.'

"Dus je masturbeert waarschijnlijk veel."

"Min of meer."

Catherine pakte een pen en een notitieblok en begon te schrijven.

Toen hij klaar was, gaf hij Julia het briefje.

'Dit is het adres van mijn appartement,' zei Catherine. "De volgende shoot is zaterdagavond om 22.00 uur. Kom niet te laat. Je krijgt vijfhonderd dollar voor het hele uur. Maak foto's van alles wat je maar wilt, behalve gezichten of iets dat kan worden gebruikt om mensen te identificeren De foto's zijn allemaal van mij. Post ze alsjeblieft nergens. Mijn secretaresse heeft een geheimhoudingsverklaring en formulieren die je kunt ondertekenen als je mijn kantoor verlaat. Dat is alles voor nu. "

Julia stond op.

'Dank je. Ik kijk uit naar onze ontmoeting op zaterdag.'

Catherine stond ook op en de twee vrouwen schudden elkaar de hand om de deal terloops te sluiten.

'Nog een ding, draag een mooie jurk als je langskomt. Ik wil dat je er goed uitziet.'

De uitdrukking op Julia's gezicht veranderde.

Op dat moment had hij zich net gerealiseerd waar hij aan begon.

HOOFDSTUK 5

Na een ontmoeting met de secretaresse om de formulieren en overeenkomsten te ondertekenen, verliet Julia snel het bedrijfspand voor wat frisse lucht.

Zijn geest was een mengeling van emoties.

Ik was nieuwsgierig, maar ik was zenuwachtig.

Ik was gefascineerd maar terughoudend.

Hij realiseerde zich dat dit allemaal aan de leiding was, maar het was te laat om terug te draaien.

Ze had haar woord al gegeven, de contracten getekend en er was geen weg meer terug.

De straat in het centrum was vol en terwijl ze zenuwachtig stond, zag ze de werknemers van het bedrijf naar hun bestemming lopen.

Julia zag een klein straatcafé en liep naar de rij.

Hij had dringend iets sterks nodig om te drinken.

Op het moment dat Julia in de rij stond, hoorde ze een stem die haar van achteren riep.

Ze draaide zich om en zag Catherine's persoonlijke secretaresse met een glimlach op haar af komen lopen.

De secretaresse was verrassend jong, in de twintig, en erg mooi.

'Ben ik iets vergeten te ondertekenen?' Vroeg Julia terwijl de secretaresse naderbij kwam.

'Nee. Dat is allemaal voorbij. Ik heb pauze en wilde met je praten.'

"Oh waarom?"

'Ik weet waarvoor je bent aangenomen,' zei hij. 'Toen je de documenten ondertekende, zag je er bang uit, alsof je een contract voor je leven tekende.'

'Kun je het mij kwalijk nemen dat ik me zo voel?'

De secretaris glimlachte.

'Het is een normaal gevoel. Ik weet precies wat je doormaakt.'

"Je weet het?" Vroeg Julia.

'Ja. Laten we zeggen dat ik een uitgebreid sollicitatieproces heb doorlopen om mijn baan als Catherine's secretaresse te krijgen.'

Het duurde niet lang voordat Julia het verband had.

Hij realiseerde zich onmiddellijk dat de mooie jonge secretaresse Catherine seksueel onderdanig was.

Julia deed haar best om niet verrast te worden.

'Dus jij en Catherine?' Vroeg Julia suggestief en nieuwsgierig.

De secretaris knikte trots.

"Ik solliciteerde naar de baan omdat ik wist dat ik niet gekwalificeerd was om een eersteklas zakenvrouw te zijn. Maar ik dacht dat ik niets te verliezen had. Ze interviewde me persoonlijk. Ik dacht dat ze het leuk vond zoals ik eruitzag. En daarvoor Ik wist dat ik er veel heb getekend met dezelfde documenten die jij hebt gemaakt. Toen liet ze me haar privé-avonturenwereld binnen.'

'Waarom vertel je me dit? Ik wil niet grof klinken, maar dat is niet precies de informatie die moet worden gedeeld.'

'Het lijkt erop dat je misschien een vriend nodig hebt. Ik wil niet dat je zenuwachtig bent.'

"Bedankt," antwoordde Julia. 'Maar ik ben al zenuwachtig. Ik kan het niet helpen dat ik het gevoel heb dat ik een grote fout heb gemaakt. Ik weet niet zeker of ik zo'n fetisj aan kan.'

"Ik dacht hetzelfde toen ik me met haar begon te bemoeien. Ik was bang de eerste keer dat ik haar bondagekamer zag. Mijn handen beefden toen we het proces begonnen. Maar nu kan ik niet meer zonder."

'Waarom ben je van gedachten veranderd?' Vroeg Julia.

"Genoegen."

HOOFDSTUK 6

Zaterdagnacht.

Julia ging het appartement binnen met haar camera in haar zak en droeg een gele jurk die ze speciaal voor de gelegenheid had gekocht.

Het was negen uur 's ochtends.

Hij arriveerde een uur voor de afspraak toen hij de lift nam.

Op tijd zijn was een onderdeel van het werk.

Toen ze op de grond viel, ging Julia naar het appartement van Catherine en belde.

Hij hoefde niet lang te wachten tot Catherine op blote voeten de deur opendeed in een zijden gewaad.

Catherine's haar was goed verzorgd, net als haar perfecte make-up.

'Je bent vroeg,' glimlachte Catherine.

"Ik kom altijd graag vroeg aan. Is het een probleem? Ik kan altijd wat later terugkomen ..."

'Nee, nee, het is oké. Kom binnen. Ik ben blij dat je vroeg bent. Het geeft ons de gelegenheid om meer te praten.'

Julia kwam het appartement binnen en was door alles verbaasd.

'Leuke plek,' zei Julia bewonderend. 'Dat is geweldig. Ik heb nog nooit zoiets in de stad gezien.'

'Er zullen vanavond veel dingen zijn die je nog nooit eerder hebt gezien.'

'Ik weet zeker dat je gelijk hebt. Mag ik je bondagekamer zien? Ik wil er nu graag wat foto's van maken.'

'Nog niet,' antwoordde Catherine. 'Ik wil dat je foto's maakt als het allemaal begint, niet eerder.'

"Goed."

"Een beetje bang?"

Julia dacht even na.

'Iets. Maar het gaat goed. Ik ben beslist nieuwsgierig. Ik heb nog nooit zoiets meegemaakt.'

'Jij bent het type vrouw dat hiervan zal genieten. Ik voel het.'

"Waarom zeg je dat?"

'Ik doe dit al een hele tijd,' antwoordde Catherine. 'Ik kan veel vertellen over de seksuele gewoonten van mensen door er gewoon naar te kijken. Na vanavond ben je zeker terug. Je zult verslaafd zijn. Geloof me.'

Julia voelde zich plotseling ongemakkelijk bij de veronderstelling van Catherine.

Ze probeerde professioneel en serieus te zijn.

'Dus wat kun je me vanavond vertellen over de gast?' Vroeg Julia en veranderde van onderwerp.

'Hij is rijk. Hij is een oude vriend van me. Ik krijg meestal zakelijk advies van hem, maar seksueel neemt hij zijn bevelen van mij over. Je zult zijn gezicht niet zien en je zult zijn identiteit niet kennen.'

'Wanneer komt hij aan?'

'Het is hier,' glimlachte Catherine.

"Hij is ...?"

Catherine wees door de gang.

'Het is in mijn hoofdkamer. Wil je dat we kijken?'

Beide vrouwen liepen door de gang van het luxe appartement.

Julia's hartslag nam toe alsof ze een cardiotraining deed.

Haar hart klopte snel toen Catherine de deur naar de ouderslaapkamer opendeed.

'Daar is het,' zei Catherine.

Julia schrok bijna toen ze een man van middelbare leeftijd op het bed zag zitten die alleen zijn ondergoed droeg.

Zijn gezicht en hoofd waren bedekt met een zwart leren masker.

Er zaten gaten in zodat hij kon zien en spreken.

Hij keek Julia recht aan.

Zijn lichaam weerspiegelde haar leeftijd en zijn figuur was zacht en mollig.

Haar handen waren vastgebonden met een touw.

"Wat denk je?" Vroeg Catherine met een boze glimlach.

"Ik weet niet wat ik ervan moet denken".

'Nou, ben je bang voor wat ik met hem ga doen? Vind je dat opwindend? Je moet wat ideeën hebben.'

"Het is zeker een zeer provocerende foto."

Catherine glimlachte.

"Als je denkt dat dit provocerend is, wacht dan tot de show begint. Het is echter geen tijd."

Hij deed de slaapkamerdeur dicht en ze bleven in de gang staan.

'Ondertussen,' zei Catherine, terwijl ze het lichaam van de fotograaf bestudeerde. 'Ik dacht dat ik je had gezegd dat je vanavond een mooie jurk moest dragen.'

Julia keek even naar haar goedkope gele jurk.

'Sorry. Dat was het beste dat ik kon vinden.'

'Het is niet goed genoeg. Volg mij.'

De twee vrouwen gingen naar een andere kamer aan het einde van de gang.

Het was een logeerkamer die net zo indrukwekkend was als de hoofdkamer.

De kamer was netjes en het bed leek pas opgemaakt.

Catherine deed de kast open en keek even door de grote selectie dure kleren.

Toen hij vond wat hij zocht, gooide hij het op het bed.

Het was een slanke, elegante zwarte jurk.

'Doe maar aan,' zei Catherine. 'Ik wil niet dat je meer dan dat draagt, zelfs je schoenen niet.'

"Hoe zit het met mijn beha en slipje?"

'Geen van beide. Is dat een probleem?'

Julia schudde haar hoofd.

"Niet."

'Goed. Kleed je aan in deze kamer. Ik ben zo terug als ik mijn laarzen aan heb en die mantel uitdoe.'

"Goed."

"Ben je hier klaar voor?" Vroeg Catherine.

"Ik ben."

'Je ziet er ongemakkelijk uit. Het is oké om zenuwachtig te zijn. Maar als je niet verder wilt, is dat ook oké. Ik kan altijd wel iemand vinden en ik zal je zelfs voor vanavond betalen.'

Julia haalde diep adem.

'Nee. Ik wil dit doen. Ik doe de jurk aan en ben klaar als jij dat bent.'

"Uitstekend," glimlachte Catherine voordat ze zich omdraaide om weg te lopen.

Julia bleef alleen achter in de luxe gastenkamer.

Ze keek naar de zwarte jurk die op het bed lag en vroeg zich af hoeveel die waard zou zijn.

Het leek duur.

Ze liet de camera zakken, trok haar gele jurk uit en gooide hem op het bed.

Hij deed zijn schoenen uit.

Uiteindelijk, zoals Catherine had gevraagd, trok ze haar beha en slipje uit en stond naakt in de kamer.

Hij staarde naar haar naakte uiterlijk in de spiegel en merkte hoe normaal ze eruitzag.

Ze nam de zwarte jurk aan, trok hem aan en keek toen weer naar zichzelf in de spiegel.

Deze keer zag ze er heel anders uit.

Ze zag eruit als een vrouw van klasse en elegantie.

'Leuk,' zei Catherine's stem vanuit de gang.

Julia was verrast dat ze naar haar hadden gekeken, maar ze wist niet zeker hoe lang.

Zijn ogen werden groot toen hij Catherine zag in een zwart korset en lange zwarte laarzen.

Catherine's uiterlijk stond in schril contrast met haar gebruikelijke werkkleding.

"Oh dankjewel", antwoordde Julia kalm. 'Jij ziet er ook mooi uit.'

'Nu is het zover. Ik heb mijn speciale kamer ontgrendeld. Het is in de gang. Wacht daar op me met je camera en ik neem onze speciale gast mee. Je kunt de foto's vrijelijk maken zoals je wilt. Ik zal. Ik zal.' geef het je niet. " Instructies om uw klus te klaren. Het is aan jou. "

"Heel erg bedankt."

Catherine deed een stap opzij en gaf Julia aan dat het tijd was om alleen naar de bondagekamer te gaan.

Julia haalde zacht adem en liep langs Catherine met haar grote camera in de hand en liep door de gang de open kamer in.

HOOFDSTUK 7

De bondagekamer was groot en de muren waren bedekt met zwarte kussens.

Het was een heel goed verlichte kamer.

Julia's ogen dwaalden over de verschillende seksartikelen en gadgets die er te zien waren.

Er was een grote verscheidenheid aan dildo's, seksspeeltjes, kettingen en klemmen.

Er waren een stoel en een tafel in de kamer die de enige beschikbare meubels waren.

Aan de muur hing een grote klok om ervoor te zorgen dat elke sessie precies een uur duurde.

Pas toen ze het geluid van Catherines hakken op de grond hoorde klikken, herinnerde Julia zich dat ze een bepaalde taak te doen had.

Ze kwamen aan en Julia maakte haar camera klaar om foto's te maken.

Het eerste dat Julia zag toen ze de kamer binnenkwam, was de man van middelbare leeftijd met zijn handen nog steeds vastgebonden en zijn gezicht nog steeds bedekt om zijn identiteit te beschermen.

Julia nam een foto van hem.

Toen kwam Catherine de kamer binnen.

Hij droeg een glanzend gouden masker dat zijn gezicht bedekte, maar zijn haar liet los.

Het masker zag eruit alsof het in de 15e eeuw voor een koninklijke familie was gemaakt, dacht Julia.

Julia nam foto's van Catherine, die de man de kamer binnenleidde en toen de deur sloot.

Julia keek nieuwsgierig toe terwijl de gebonden man moest knielen.

Catherine beval hem om op zijn knieën te gaan en te zwijgen.

Julia heeft nog meer foto's gemaakt.

Catherine ging naar haar verzameling seksspeeltjes en zocht wat ze wilde.

Uiteindelijk koos hij voor een lange, vleeskleurige dildo.

Maar ze was nog niet klaar.

Ze bond de dildo aan een riem en legde hem vervolgens over haar leren korset.

Julia heeft nog meer foto's gemaakt.

'Ben je vanavond klaar?' Vroeg Catherine haar onderdanige echtgenoot.

"Mmm ... Hmmm ..." mompelde hij als antwoord.

'Brave jongen,' zei Catherine op neerbuigende toon. 'Nu wil ik dat je kleine reet over de tafel wordt gebogen.'

De man stond op en ging op de tafel staan, zijn buik erop en zijn benen uit elkaar.

De man bewees dat hij dit al verschillende keren eerder had gedaan en dat hij van elk moment genoot, hoe stormachtig of vernederend de ervaring voor een normaal persoon ook leek.

Catherine nam een kleine houten schop en begon zachtjes op de billen van de man te kloppen.

In het begin was het zacht, alsof ze voor zijn welzijn zorgde.

Met de schop begon hij hem harder te slaan, dan harder.

De man begon in zijn mond te mompelen terwijl de afranselingen heviger werden.

Julia voelde zich bijna slecht voor hem, maar deed haar werk en nam in plaats daarvan foto's.

'Vind je dat leuk, varkentje?', Zei Catherine, terwijl ze verderging met de schop.

"Mmm ... Hmm ..."

'Ik heb iets anders voor je.'

Catherine legde de schop neer en bond de handen en enkels van de man aan verschillende hoeken van de tafel vast.

Hij is gepakt.

Al zijn vertrouwen werd volledig in Catherine gesteld.

Het was naar zijn wil en zijn genade.

Hij pakte een fles glijmiddel en bedekte een grote hoeveelheid met zijn vingertop.

Julia nam close-ups van Catherine's geoliede vinger.

Toen nam Julia close-ups van de vinger die de anus van de man binnendrong.

Hij kreunde toen Catherines vinger hem doordrong.

Toen stak hij twee vingers in zijn zak.

Dan drie.

Julia vroeg zich af of de man ervan genoot.

Maar dat waren zijn zaken niet.

Julia's taak was om een foto te maken van de penetratie en ze deed het, waarbij de camera alles opnam.

Julia's maag zakte bijna in elkaar toen ze Catherine achter de man zag gaan staan. De grote penis om haar middel wees recht naar het gestrekte achterwerk van de man.

Julia was klaar om te gillen en te smeken in de naam van de hulpeloze man op tafel.

Ze wilde namens hem een einde maken aan deze waanzin.

Maar ze deed het niet.

Het was niet zijn rol.

Haar mond was open van ongeloof en ze liet de camera even zakken zodat ze de anale penetratie met haar eigen ogen kon zien.

Het was een aangrijpende aanblik.

Hij hief de camera, richtte direct op de anale penetratie, en nam meer foto's.

HOOFDSTUK 8

Maandag.

Het was vroeg in de ochtend en Julia stond in haar donkere kamer alle foto's te ontwikkelen die ze voor Catherine had gemaakt.

Er waren in totaal meer dan tweehonderd foto's.

De eerste batches waren klaar.

De beeldkwaliteit was goed en ze bewonderde haar eigen werk.

Hij wist dat Catherine blij zou zijn met de manier waarop hij de bondagekamer veroverde.

Hij wist dat Catherine ook graag zou zien dat de onderdanige man gevangengenomen werd.

Er waren foto's van Catherine in haar outfit en er waren close-ups van het gouden masker.

Julia wierp een korte blik op de rest van de filmstroken die ze had gemaakt.

Hij keek naar de foto's van de man die aan het seksobject zoog, werd geslagen en daarna lange tijd sodomized door de grote riem.

Zijn hartslag ging omhoog.

Toen keek hij naar de foto's van de man die geschokt was door Catherine.

Hij had een enorme lading sperma op de vloer geschoten, die hij vervolgens met zijn tong moest reinigen.

Julia voelde een branderig gevoel tussen haar benen.

Ze werd opgewonden in haar donkere kamer, net zoals ze in Catherine's bondage kamer was geweest.

Ze knoopte haar broek los en streek met haar rechterhand over haar slipje.

Hij zag hoe de film zich ontwikkelde, de man zoog op zijn knieën op de dildo en raakte elkaar seksueel aan.

Hij herinnerde zich alles wat hij voelde toen hij het voor het eerst zag.

Ze stelde zich voor dat hij sodomized werd en dat Catherine hem masturbeerde.

Ze raakte haar aan en dacht aan de man die aan Catherine's tieten zoog.

Hij dacht aan alle verbaal vernederende opmerkingen die hij had gemaakt en aan de moeilijke situatie waarin hij verkeerde.

Toen stelde Julia zichzelf voor in de positie van een man.

Ze vroeg zich af of ze ervan kon genieten om op een dildo te zuigen en in zo'n vernederende houding te worden gesodomiseerd.

Toen ze een orgasme had in de donkere kamer, besefte ze dat het antwoord ja was.

DERDE DEEL
Gouden masker en zwarte jurk

43

HOOFDSTUK 9

Twee maanden later droeg Julia een nieuwe jurk toen ze Catherine's kantoor binnenliep.

Ze hadden haar uitgenodigd voor een besloten bijeenkomst.

Toen hij zonder aarzelen naar de vloer ging, had hij een kort gesprek met de secretaris en mocht hij Catherine's kantoor betreden.

De twee vrouwen begroetten elkaar met een knuffel en gingen allebei op hun respectievelijke stoelen zitten. Catherine zat achter haar grote bureau en Julia zat tegenover haar.

"Ik kan eerlijk zeggen dat je de beste werknemer bent die ik ooit heb gehad", zei Catherine. "Dat betekent iets, gezien het aantal bekwame mensen dat de afgelopen jaren voor mij heeft gewerkt."

Julia voelde zich trots.

'Bedankt. Ik zal mijn best doen.'

'Vind je het leuk om mij als werkgever te hebben? Ik heb de reputatie een echte slet te zijn, en dat is verdiend.'

"Ik denk helemaal niet dat je een slet bent," antwoordde Julia speels. 'Ik vind je een sterke vrouw. En je bent absoluut de meest fascinerende werkgever die ik ooit heb gehad. Elke week is geweldig. Ik vind het geweldig. Ik kijk altijd uit naar onze ontmoetingen.'

'Nou, helaas zijn uw diensten niet langer nodig,' zei Catherine op een duidelijke zakelijke toon. 'Je hebt je huiswerk gemaakt en foto's gemaakt van al mijn onderdanigen. Ik vind dat je het geweldig hebt gedaan. Je werk overtrof mijn verwachtingen ver.'

Julia was verrast.

Hij had genoten van, kijken naar en fotograferen van Catherine's geheime seksleven.

Zaterdagavond naar haar appartement gaan was haar opwinding van de week.

En hij masturbeerde privé elke keer dat hij thuiskwam.

Hij hield ook van het gezelschap van Catherine wekelijks.

'Nou, ik ben blij dat je van mijn werk hebt genoten,' antwoordde Julia, terwijl ze probeerde niet kapot te klinken.

'Ik ben niet de enige die het leuk vindt. Al mijn mannelijke ondergeschikten zijn het erover eens dat je uitzonderlijk werk hebt verricht met je foto. Je krijgt er een flinke bonus voor. Als je mijn kantoor verlaat, doet mijn secretaresse dit en jij ook.' geef een envelop met het geld ".

"Dat is heel aardig van je."

Catherine glimlachte.

"Het is geen probleem."

'Is er een manier ... we kunnen ... hiermee doorgaan?' Vroeg Julia met alle vertrouwen dat ze kon opbrengen. "Als fotograaf denk ik dat we nog veel meer kunnen ontdekken dan we nog niet hebben gedaan."

Catherine trok een wenkbrauw op.

'Echt? Dus de verlegen kleine fotograaf wil voor mij blijven werken. Dat is interessant.'

'Nou, ik ben geïnteresseerd in je hobby,' gaf Julia ondanks zichzelf toe. "Het is iets fascinerends, en ik denk dat we samen geweldig werk hebben geleverd om kunst te maken."

Catherine dacht er even over na.

'Misschien heb ik nog iets anders voor je. Geen garanties. Maar misschien ligt het buiten je bereik.'

Julia's aandacht werd plotseling getrokken.

"Wat is het?"

"De fetisj van slavernij komt vaker voor in de zakenwereld dan je misschien denkt. Het is erg populair bij machtige mannen omdat ze graag van rol wisselen. Ze houden ervan om verleidelijke vrouwen de baas te zijn nadat ze allemaal de touwtjes in handen hebben.. de dag. Ben je tot nu toe geïnteresseerd? "

"Verzekering."

"Geweldig. Ik zal contact opnemen met de organisatoren om te zien of je kunt deelnemen."

"Evenement?" Vroeg Julia.

"Ja, het is een kleine gebeurtenis die zo nu en dan plaatsvindt. Het is in feite een slavenpartij waar de rijken en machtigen echt plezier hebben, net als volwassenen."

'Dat klinkt als iets dat ik graag zou willen zien.'

Catherine glimlachte.

'Je hebt geen idee. Het is zo smerig en vulgair dat iedereen wordt gemaskeerd. Alles is volkomen discreet. Bovendien is het een traditie.'

"Wat zou ik daar doen?"

"Maak foto's. Wat zou dat anders zijn? Misschien willen de organisatoren een paar mooie foto's voor souvenirs of iets dergelijks."

'Ik kan het zeker,' antwoordde Julia. "Om eerlijk te zijn, sinds ik begon met het maken van foto's van je bondagesessies lijkt al het andere dat ik op het werk doe in vergelijking daarmee erg saai."

Catherine glimlachte.

'Ik wist dat je het leuk zou vinden. Je bent zo'n meisje. Als je me nu wilt excuseren, heb ik over een paar minuten een date.'

'Oh, natuurlijk. Bedankt voor je tijd.'

Julia stond op en stak haar hand uit voor een handdruk voordat ze vertrok.

'Nog een ding,' voegde Catherine eraan toe. 'Mijn andere vrienden spelen niet altijd legaal. Dus als je voor mij wilt blijven werken, moet je veilig zijn.'

"Ik weet het zeker."

Catherine knikte.

'Dat dacht ik al. We houden contact. En we nemen zo snel mogelijk contact met je op.'

HOOFDSTUK 10

Een week later.

Het was dinsdagochtend vroeg.

Julia werd gewekt door een reeks kloppen op de deur.

Hij stond op, keek zichzelf even in de spiegel aan en deed de deur open.

Tot zijn verbazing was het de secretaresse van Catherine die een klein pakketje vasthield.

'Goedemorgen,' zei de secretaris met een stralende glimlach.

"Goedemorgen, kom binnen."

De secretaresse kwam het kleine appartement binnen met het pakket en Julia deed de deur dicht.

'Het spijt me dat ik u zo vroeg stoor', zei de secretaris. 'Ik heb het de rest van de dag druk, dus dit was de enige keer dat ik het heb gehad.'

'Maak je geen zorgen. Wil je koffie of een drankje?' Vroeg Julia.

"Ik maak het prima dankjewel."

'Dus waarom ben je vanmorgen hier?'

"Catherine nam contact op met de organisatoren van het evenement", antwoordde de secretaris. "Iedereen houdt van je werk en vindt je foto's welkom."

"Dit is geweldig nieuws. Ik zou graag aanwezig zijn."

"Er is echter één voorwaarde."

"Wat is het?" Vroeg Julia.

"Het bondage-evenement is exclusief en geen onbekende is toegestaan. Je hebt dus een inwijding nodig voordat je daar foto's kunt maken."

Het nieuws maakte Julia harder wakker dan welke kop koffie dan ook.

"Wat bedoelt u?"

'Er is een introductieproces voor nieuwe leden. Er is mij verteld dat je er niet omheen kunt. Je moet wel als je voor Catherine wilt blijven werken.'

'Nou, wat vereist deze inwijding? Iets extreems?'

'Het verandert elke keer', antwoordde de secretaris. "Ik ben een paar jaar geleden ingewijd en het was vrij rustig. Maar voor andere mensen, wauw. Ik zou niet willen dat zij het waren."

Julia voelde plotseling hoe haar gedachten veranderden.

Hij wilde de baan meer dan wat dan ook en hij wilde Catherine niet teleurstellen door te weigeren.

'Zeg tegen Catherine dat ik het doe,' zei Julia.

De secretaresse glimlachte en legde het pakket op een tafel vlakbij.

'Ze wist dat je geïnteresseerd zou zijn. Dit is voor jou.'

"Wat is het?"

"Open het en je zult het zien."

Julia tilde het deksel van de rugzak op en zag een gouden masker op een dunne zwarte doek.

Het masker was elegant en vergelijkbaar met het masker dat Catherine tijdens elke bondagesessie draagt.

"Waar is het voor?" Vroeg Julia, terwijl ze het masker pakte om het te onderzoeken.

'Je moet haar naar het evenement dragen. Ze is van hetzelfde type als Catherine, waardoor mensen weten dat je hun gast en onderdanig bent.'

Julia bleef hem aankijken.

"Het is een prachtig masker."

"Zeker. Er zit ook een outfit in het pakket. Je moet het dragen. Niets anders dan hakken."

Julia tilde de dunne zwarte doek uit de rugzak.

Het was volledig transparant.

'Kan ik er niets anders onder dragen?' Vroeg Julia.

"Nee, niets. Het evenement begint op zaterdag om 19.00 uur. Een chauffeur haalt je op om 18.00 uur. Dus wees voorbereid. Je kunt een jas dragen die je lichaam bedekt als je bij de auto komt, maar trek eraan Kom naar het evenement. Vergeet niet je masker en camera mee te nemen. "

"Mag ik je een persoonlijke vraag stellen?"

"Tuurlijk," antwoordde de secretaris.

'Denk je dat ik hier doorheen kan komen? Ik bedoel, denk je dat ik kan omgaan met wat er op het evenement gebeurt?'

De secretaris glimlachte.

Er is maar één manier om erachter te komen. "

HOOFDSTUK 11

Zaterdagnacht.

De liftdeur ging open en Julia liep snel door de lobby van haar flatgebouw.

Ze droeg hoge hakken en een grote jas.

Daaronder droeg ze de doorzichtige zwarte jurk en verder niets.

Hij hield het pakket met het gouden masker en een andere doos met zijn camera in zijn hand.

Ze ging zo snel als ze kon, zodat niemand haar kon zien.

Een zwarte auto stond hen op te wachten en de chauffeur hield het portier open.

Toen hij in de auto stapte, zag hij Catherine op de achterbank zitten.

Zodra Julia zat, sloot de chauffeur de deur en reed naar haar bestemming.

'Je ziet er schattig uit in die outfit,' zei Catherine. "Het is leuk je te zien in iets sexyers dan wat je normaal draagt."

'Bedankt. Je ziet er ook geweldig uit.'

Julia's ogen gingen over Catherines lichaam, dat veel naakter was.

Catherine schaamde zich niet om in de auto te zitten met alleen een dunne zwarte jurk aan.

Elke ronding op haar lichaam was volledig zichtbaar en haar grote bruine tepels waren door het dunne materiaal heen te zien.

'Je lijkt een beetje zenuwachtig,' zei Catherine.

'Min of meer. Dit hele proces vind ik behoorlijk intimiderend. Ik hoorde dat er een inwijding was die ik moest doorlopen.'

Catherine glimlachte.

'Je hebt het juiste gehoord.'

'Kun je me tenminste een idee geven van wat er gaat gebeuren?' Vroeg Julia verlegen.

'Ik ben niet bang, lieverd. Maar maak je geen zorgen. Je bent in goede handen.'

'Ik hoop het. God, dit is een beetje eng.'

"Waarom ben je hier dan?" Vroeg Catherine botweg. 'Wat is de echte reden? Het moet meer zijn dan professionele nieuwsgierigheid. Geef toe, je bent een geheime hoer.'

"Ik ben geen hoer."

'Dan moet ik misschien de chauffeur vragen deze auto om te draaien en terug te brengen naar uw appartement.

"Wacht," antwoordde Julia snel. 'Ik ben hier omdat ik het leuk vind wat je doet. Ik vind het spannend. Ik wil naar je blijven kijken.'

'Heb je fantasieën over mee te gaan? Heb je er ooit aan gedacht om in elkaar geslagen te worden en gedwongen te worden om samen met jou een riem te dragen in een van je nauwe gaatjes?'

"Ja ik wil."

Er verscheen een boze glimlach op Catherine's gezicht.

'Natuurlijk. Ik wist dat je onderwerpingsvermogen had vanaf de dag dat ik je studio binnenkwam. Meestal blijken de stille meisjes de grootste sletten te zijn.'

"Ik ben geen hoer."

'Inwijding zou ervoor moeten zorgen. Onthoud dat niemand je dwingt hier te zijn. Je kunt gaan wanneer je maar wilt.'

Een huivering van angst en opwinding ging over Julia's ruggengraat.

Hij vroeg zich af waar Catherine het over had, maar Catherine draaide haar hoofd alleen met een lichte glimlach om en keek uit het autoraam.

VIERDE DEEL
Pijn en plezier

55

HOOFDSTUK 12

Beveiligingspoortjes werden geopend en de auto mocht het grote pand binnen.

De auto stopte voor een villa en de twee vrouwen stapten uit.

'Hier zetten we onze maskers op,' zei Catherine. 'En doe je jas uit. Tijd om te pronken met je mooie lichaam.'

Julia trok haar jas uit en gooide hem in de auto.

Een licht briesje herinnerde hem eraan hoe kwetsbaar hij was.

Ze voelde de ruimte tussen haar benen tintelen van de koude lucht.

Haar roze tepels verstijfden na een tweede briesje.

Julia sloot haar benen stevig om haar vrouwelijkheid te verbergen.

Beide vrouwen zetten hun gouden maskers op.

Julia reikte in de auto en pakte haar camera.

Ze sloten de deuren en de auto reed weg.

De ingang van het landhuis werd bewaakt door twee sterke mannen.

Ze droegen ook maskers en zwegen toen de twee vrouwen op hen af kwamen.

"Wachtwoord, alstublieft," vroeg een van de gemaskerde beveiligers.

'Handdoek,' antwoordde Catherine.

"Je kunt doorgaan dames."

De bewaker opende de deur en ze gingen de villa binnen.

Julia was verbaasd over de extravagantie van het gebouw.

Het zag eruit alsof het was gebouwd voor een koninklijke familie.

Schilderijen, decoraties en verzamelobjecten hingen aan de muren.

De ingang waardoor ze binnenkwamen, was bedekt met een grote rode loper.

Ze gingen door een grote hal.

'Je moet even wachten in de logeerkamer,' zei Catherine. 'Binnenkort zal er iemand naar je op zoek zijn.'

Julia haalde diep adem.

"Goed."

'Het komt wel goed. Kalmeer.'

'Kun je me vertellen wat er gaat gebeuren?' Vroeg Julia. "Ik zou minder zenuwachtig zijn als ik het wist."

'Nee. Wacht in de kamer tot iemand je komt halen. Laat je masker op en laat je camera daar liggen. Er is later genoeg tijd om foto's te maken.'

Catherine deed de deur open en gebaarde Julia de kamer binnen te komen.

De logeerkamer was eenvoudig met wat houten meubilair.

Julia haalde diep adem en ging naar binnen.

HOOFDSTUK 13

Hij verloor uit het oog hoe lang hij had gewacht.

Ze deed haar masker nooit af.

Nadat ze zich bij het zitten en wachten verveelde, ging Julia voor een spiegel staan en keek elkaar aan.

Het masker was erg leuk.

En hij bleef maar denken aan hoe haar roze tepels en vagina zichtbaar waren door de dunne stof van de jurk.

Ze vroeg zich af wat haarzelf was en waarom ze daar was.

Voordat hij verder kon nadenken, werd er op de deur geklopt.

Een vrouw kwam volledig naakt binnen, met alleen een gouden masker op.

'Volg mij,' zei de naakte vrouw met zachte stem.

Julia volgde haar de kamer uit en de gang in.

Het was donkerder geworden.

Veel van de lichten waren uit en grote aantallen kaarsen brandden in alle richtingen.

In de gang stond een groep gemaskerde mensen.

Sommigen waren naakt, anderen droegen pakken.

Ze droegen allemaal maskers.

Ze stonden in een kring, met Catherine in het midden.

Catherine was helemaal naakt behalve het masker.

Het was de eerste keer dat Julia Catherine's volledig naakte lichaam zag.

Julia bewonderde haar strakke figuur en de weelderige rondingen met de grote bruine tepels.

Julia werd naar het midden van de cirkel geleid en ging voor Catherine staan.

De andere gemaskerde gasten in de kamer zwegen.

'Welkom Julia,' zei Catherine. "De commissie heeft besloten om ze in onze privéclub op te nemen. Het was geen gemakkelijke beslissing, maar door de kwaliteit van hun werk en hun discretie konden ze lid worden. Er zijn echter voorwaarden voor die acceptatie. Zou je willen weten wat ze zijn?"

'Ja,' knikte Julia zenuwachtig.

"Ten eerste moet je seksuele onderwerping ervaren zodat de groep het kan zien. Ten tweede moet ik tijdens het proces vijftien kledingklemmen om je lichaam dragen. Ten slotte moet je het volgende uur minstens twee keer klaarkomen. Alle voorwaarden zijn verplicht. Dat kan. Dat kan." accepteren of gaan. "

Julia haalde diep adem.

"Ik ga akkoord."

'Vertel ons waarom je het accepteert. Waarom zou je willen dat je zulke pijnlijke en vernederende daden wordt aangedaan? Je bent een heel lief meisje.'

Julia dacht even na.

"Het zien van je sessies van de afgelopen twee maanden heeft mijn ogen geopend voor iets nieuws. Ik wil er deel van blijven uitmaken."

'Zelfs als het betekent dat je door deze inwijding moet gaan?' Vroeg Catherine.

"Ja."

'En wat doet dat met jou?'

"In een hoer."

Catherine knikte.

'Trek je outfit uit. Laat ons je mooie lichaam zien.'

Julia's ruggengraat was koud.

Ondanks de maskers voelde Julia hoe alle ogen in de kamer afwachtend wachtten.

Ze trok de doorzichtige outfit overeind en stond helemaal naakt.

Ze weerstond de neiging om haar benen te kruisen en haar gladgeschoren kruis onbedekt te laten.

Ze weerstond ook de neiging om haar kleine borsten te bedekken en haar roze tepels eruit te laten springen.

Catherine deed een stap naar voren en was slechts enkele centimeters van Julia verwijderd.

Hij stak zijn hand uit, raakte Julia's kleine borstje aan en streelde haar zachtjes met zijn hand.

Hij omcirkelde de roze tepel met zijn vinger en kneep er stevig in.

"Ohh ...", hijgde Julia.

"Doe ik je pijn?"

"Een klein beetje."

'Gaan we dan stoppen?'

Julia wist dat ze haar een subtiel ultimatum stelden.

'Nee. Stop alsjeblieft niet.'

Catherine kneep nog steviger in de tepel en liet Julia weer naar adem happen.

'Misschien vind je dat in het begin niet leuk. Maar je ...'

Een gemaskerde, naakte vrouw kwam naar haar toe met een kussen en een stapel wasknijpers in haar hand.

Catherine pakte een van de clips, maakte hem open en plaatste hem op Julia's tepel.

Langzaam liet hij de clip beetje bij beetje op de tepel drukken.

Catherine liet de klem los die de tepel stevig tegen elkaar hield en deed opzwellen.

'Het doet veel pijn,' zei Julia met een lichte wanhoop.

'Wil je stoppen? Over de voorwaarden kan niet worden onderhandeld.'

"Hoe lang blijft de clip daar?"

'Totdat je vanavond twee keer klaarkomt. Ik kan dingen versnellen als je wilt. Het zou gemakkelijker zijn voor een beginner zoals jij.'

"Graag gedaan..."

Catherine vond nog een wasknijper en gebruikte die genadeloos op Julia's andere tepel.

"Ahhh ..." riep Julia.

'Dat zijn tot nu toe twee clips. Dertien meer.'

"Waar ga je ze neerzetten?" Vroeg Julia, bijna bang.

Catherine leunde naar voren en fluisterde in Julia's oor.

'Hoe zit het met je schaamlippen? Dit is de traditionele plek voor een vrouw. Wil je stoppen met lijden of lid worden van onze club?'

Het was het punt waarop geen terugkeer mogelijk was.

Julia nam meteen een besluit, ook al deden haar tepels pijn.

Haar tepels werden donkerrood in plaats van roze.

"Ik weiger te stoppen."

'Ga dan op je rug liggen. En spreid je benen.'

Julia lag op haar rug op het tapijt met haar benen wijd uit elkaar.

Haar vrouwelijkheid was volledig bloot, wachtend op de pijn van de kledingclips.

Catherine knielde neer en nam de tijd om het poesje voor haar te onderzoeken.

Ze bestudeerde het en bewonderde het.

Catherine pakte een wasknijper, maakte hem open en tilde de linkerkant van Julia's lippen op.

'Het kan een beetje pijn doen,' waarschuwde Catherine. 'Je bent een volwassen vrouw. Dus gedraag je zo.'

Met deze waarschuwende woorden liet Catherine de clip wreed los, waardoor haar lippen plotseling spanden en Julia gilde.

Catherine glimlachte en pakte nog een clip, deze keer en liet die voorzichtig op haar lippen los.

Door de druk van de tweede clip veranderden de lippen van vorm.

Catherine zette het proces voort totdat de linkerkant van Julia's lippen bedekt was met wasknijpers.

"Hoe voelt je poesje?" Vroeg Catherine.

Julia legde haar hoofd op het tapijt en vocht tegen de pijn van haar tepels en lippen, die door de kledingklemmen tegen elkaar werden gedrukt.

"Het doet me veel pijn".

'Het laat zien dat je een mens bent. Ik ben er trots op dat je het zo lang hebt volgehouden. Je inwijding is moeilijker dan de meeste omdat je financiële ervaring anders is dan die van ons en je geen slavernijverleden hebt.'

"Ik begrijp het."

"Brave trut. Het moeilijke gedeelte is bijna voorbij."

Catherine pakte nog een kledingclip en legde deze deze keer voorzichtig op Julia's rechterlip.

Julia ging niet achteruit en kreunde niet.

Ze was al gewend aan de pijn in haar gevoelige seksuele gebieden.

Het patroon ging door totdat alle clips op Julia's kutje waren gebruikt.

De eens zo zoete en aantrekkelijke vagina was plotseling misvormd.

De vaginale lippen waren als klei in verschillende richtingen gestrekt.

Catherine keek in Julia's roze kutje en zag dat het nat was.

'Je bent klaar voor je eerste orgasme,' zei Catherine. "Het is niet zoals dat?"

"Ik ben."

Catherine sloeg zonder waarschuwing het midden van Julia's poesje.

De schok deed Julia schreeuwen in een zeldzame combinatie van pijn en plezier.

Het slaan van Julia's kutje ging door totdat Catherine's vingertoppen bedekt waren met vaginaal vocht.

'Je bent doorweekt, mijn liefste,' zei Catherine. 'Ik denk dat je er klaar voor bent.'

Daarmee stak Catherine twee vingers in haar kut en gebruikte ze de vingers van haar andere hand om met Julia's clit te spelen.

Het was een krachtige combinatie.

Zijn vingers waren bedreven in het seksueel behagen van andere vrouwen.

De vingers werden op een bijzondere en bekwame manier bewerkt.

Julia kreunde van plezier.

Ze gaf niet langer om de groep gemaskerde mensen die naar haar keek.

Op dit punt kon ze alleen maar denken aan het branderige gevoel in haar kutje en tepels.

De vingers zetten hun hectische werk voort.

Catherine ging sneller en sneller met meer intensiteit.

Julia's lichaam beefde.

Ze kreunde.

Catherine voelde dat Julia op het punt stond haar eerste orgasme te krijgen, dus ze werkte nog harder en raakte haar hete poesje aan.

Julia kronkelde, kreunde en kromde haar rug.

Julia slaakte een luide schreeuw en haar vingers krulden zich op, waarna haar lichaam ontspande.

"Dit is het eerste orgasme tot nu toe," glimlachte Catherine en keek naar haar vingers, die onder het poesjessap zaten. 'Nu is het tijd voor het tweede orgasme. Maar het wordt iets moeilijker. Je kunt stoppen wanneer je maar wilt. Klaar?'

"Ja."

Catherine knipte met haar vingers en twee gemaskerde naakte vrouwen kwamen naar haar toe en wikkelden leren riemen om Julia's handen en enkels.

Julia moest zich omdraaien, zodat ze op haar knieën viel.

Ze strekten Julia's handen en enkels uit en hingen ze aan haken op de grond.

Julia was bedekt, volledig vastgebonden en weerloos.

'Je laatste test is achttien centimeter op je billen. Maak je geen zorgen, Kitty, ik zal veel glijmiddel voor je gebruiken.'

Julia's ogen werden groot.

De bondage-banden om zijn polsen en enkels waren strak en hij kon nergens heen tenzij hij besloot te stoppen, waardoor zijn relatie met Catherine definitief zou eindigen.

Ze weigerde op te geven, zelfs niet toen ze Catherines vingers in haar kont voelde duwen.

De vingers waren dik besmeurd.

De vingers voelden haar kleine anus zo ver als ze konden.

Catherine was niet erg aardig.

Het waren allemaal zaken voor haar.

Dus legde Julia haar gemaskerde gezicht op de grond en accepteerde ze de penetratie van de vinger in haar kont.

'Ik ga de riem van mijn penis gebruiken die ik zo vaak heb gezien bij mijn onderdanige,' zei Catherine terwijl ze zich over Julia's lichaam boog. "Ik zal eerst langzaam rijden, maar ik hoop dat je later mijn ritme volgt."

Julia had toen herinneringen aan alle gemaskerde mannen die anaal geneukt waren door Catherine's verschillende riemen.

Julia had zich zo vaak voorgesteld dat ze onderdanig was.

Maar ze had nooit gedacht dat het haar echt zou overkomen.

Het uiteinde van de riem drukte stevig tegen Julia's anus.

Catherine gebruikte haar handen om Julia's billen te spreiden en het seksobject in het kleine gaatje te laten komen.

Julia kreunde luid toen het voorwerp haar lichaam binnendrong.

Het drong langzaam in haar rectum door.

Ze klemde haar handen op elkaar en klemde haar tanden op elkaar.

Terwijl het object zijn langzame reis door haar kont voortzette, deed ze haar mond open en kreunde ze.

Hij ging door totdat Catherines kruis tegen zijn rug werd gedrukt.

'Moedig meisje,' zei Catherine in Julia's oor. 'De meeste mensen zouden nu al zijn gestopt. Jij niet. Je bent bijna klaar. Dit zal straks goed aanvoelen.'

Catherine trok zich langzaam terug uit Julia's rectum, gaf toen een zachte duw en duwde hem weer diep naar binnen.

Hij gebruikte het ritme langzaam volgens Julia's spanning.

Elke stoot deed Julia kreunen.

Julia keek de kamer rond toen ze werd gesodomiseerd.

De gemaskerde gasten zwegen en keken naar de show.

Hij vroeg zich af wat ze van haar zouden vinden.

Hij vroeg zich af of ze opgewonden waren.

Hij vroeg zich af of ze ook in zijn reet wilden.

De stoot in Julia's kont ging door.

De pijn ging al snel vergezeld van plezier.

Haar tepels en kutje waren nog steeds pijnlijk van de clips op haar kleren.

De pijn bleef groeien, maar het plezier voelde ook met gelijke of grotere intensiteit.

Haar anus deed nog steeds pijn van het 15 cm grote seksspeeltje, en ze was er niet helemaal aan gewend.

Maar er groeide een vreemd genoegen in haar.

Het was opwindend om door iedereen anaal geneukt te worden.

Het was sensationeel.

De schokken werden sneller en dieper.

Catherine toonde minder gratie en minder tederheid en hij begon heel onbeleefd tegen Julia te zijn.

Julia werd behandeld als een van Catherine's onderdanigen, wat een compliment was voor Julia.

Dat betekende dat Catherine wist dat Julia sterk en waardig genoeg was om anale straffen te krijgen.

'Ik voel dat je orgasme dichterbij komt,' zei Catherine terwijl ze kneep. 'Kom me halen, schat. Doe het en word lid van onze club.'

'Ik probeer het,' hijgde Julia.

'Misschien helpt dat, Kitty.'

Catherine reikte naar beneden en begon te spelen met Julia's clit terwijl ze haar sodomizeerde.

Julia's seksualiteit werd van alle kanten aangevallen.

Haar tepels deden pijn.

Zijn lippen deden pijn.

Zijn anus en endeldarm werden genadeloos geraakt.

NAWOORD

Zes maanden later.

Julia droeg een mooie jurk terwijl ze in de lift wachtte.

Ze had een grote gele envelop vast.

Toen hij zijn appartement bereikte, begroette hij de secretaris met een bekende glimlach.

Toen ging hij naar het kantoor van Catherine.

Er werden grappen uitgewisseld en Catherine opende de envelop om de nieuw ontwikkelde afbeeldingen te bekijken terwijl ze allebei gingen zitten.

'Je hebt jezelf overtroffen,' zei Catherine, terwijl ze naar de foto's keek. "Voortreffelijk werk. De camerahoeken, de verlichting, het weer. Deze zijn perfect. Onze vrienden in de club zullen van ze houden."

'Bedankt. Ik hoop dat je ervan geniet.'

"Het is jammer dat deze foto's privé moeten worden gehouden. Je talent als fotograaf zou door veel meer mensen moeten worden erkend."

'Je herkenning is genoeg,' zei Julia stoutmoedig.

Catherine glimlachte.

"Wat een lief meisje."

'Ik zag mijn cheque op het bureau van de secretaresse liggen. Ik weet zeker dat het weer een genereuze betaling is waar ik heel dankbaar voor ben. Maar vandaag verwachtte ik iets meer ... extra ...'

Catherine bukte zich in haar kantoor om haar slipje onder haar rok uit te trekken.

'Heel goed. Je hebt 30 minuten voor mijn volgende ontmoeting.'

"Heel erg bedankt."

Julia liep nonchalant naar het bureau.

Ze probeerde haar ongeduld te verbergen, maar ze wisten allebei hoe Julia zich voelde.

Catherine spreidde haar benen en zag Julia op haar knieën gaan.

De limiet was dertig minuten, dus Julia verspilde geen tijd aan het eten van het kutje van haar dominante meesteres totdat ze het punt van een orgasme bereikte.

EINDE

71